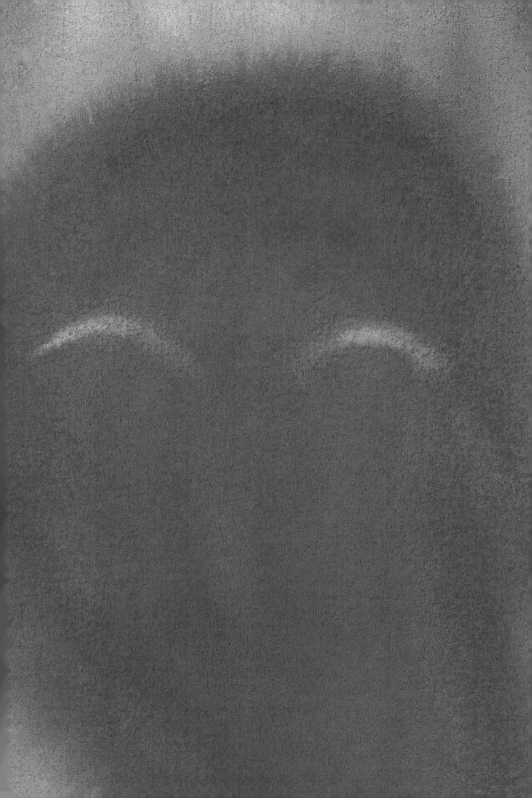

膽子訓練營

管家琪◎文　陳維霖◎圖

在閱讀中培養智慧與能力

推薦序／許建崑（東海大學中文系教授）

管家琪多情又善感，她以陪伴孩子成長的經歷，寫活了童話與生活故事。等孩子長大了，她寫一系列少女小說，大受歡迎；後來又轉型改寫古今名著、歷史小說、成語故事和作文指導等書。能以淺顯易懂又具有現代語感的文字與讀者對談，是她的擅長，因為她懂得讀者內心的渴盼。

新近，她有個寫作計畫，要以一組低、中年級的小朋友，輪流擔任故事主角，在平凡易處的家庭與校園生活中，去思考人際互動關係，培養解決問題的能力，來豐富小讀者的生活經驗與處世智慧。這套書預計出版十冊，每本都隱藏一個「美德」的議題，也包含了「應變」的能力。

首波出版三冊。第一冊《膽子訓練營》，寫新來的同學丹禎幻想有個「隱形朋友」，同學們既害怕又想目睹。班長巧慧如何揭開謎團？陳老師又如何理解事情原委？第二冊《勇敢的公主》，班上同學參與話劇比賽的選題、分配角色，遇到劇目與他班相同時，如何解決問題？如何順利演出？「同心合作」是成功之途，遇上突發狀況，還得以「機智」與「理性」去排解。第三冊寫繽繽的《粉紅色的小鐵馬》，日有所思，夜有所夢，繽繽如何克服困難，騎上自己的腳踏車？抒情又幻夢的筆法，體諒孩子的畏怯，也大大鼓舞了孩子的信心。

最值得注意的，故事中班導陳老師陪伴這群孩子生活學習，有耐心，有智慧，也給了自己思考與成長的空間。這是管家琪的深思熟慮吧！她改寫傳統而萬能的老師形象，也提供了教學現場一個省思的機會！

自序／管家琪

「為什麼」的樂趣

小朋友總是喜歡一天到晚地問「為什麼」，這三個字實在是太可貴了，可以說整個人類文明的發展就是從「為什麼」這三個字開始的。

上古時期，雖然科學還沒有萌芽，但是不能說那時的人類就沒有觀察的能力。他們不但觀察，而且還會記錄。在觀察過後，滿心困惑得不到解釋的時候，就會用故事和想像來解釋一切大自然的現象，於是我們就有了神話傳說，進而有了文學。後來，人類開始慢慢整理出一些經驗法則，在面對這些經驗法則的時候，有的人照單全收，有的人則會心存保留，頻頻問「為什麼」，並且設法驗證，找出其中的緣由，於是我們才得以慢慢脫

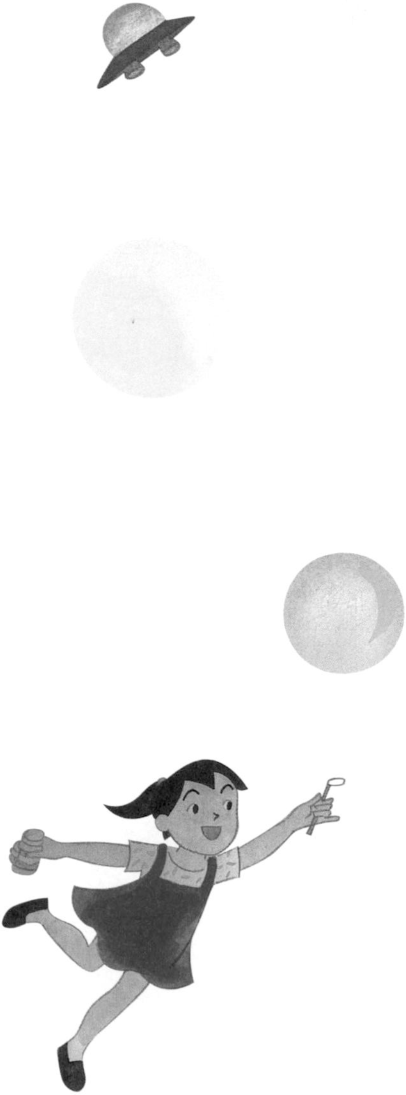

離了迷信，進而有了科學。

「為什麼」這三個字，代表的是一種求知的態度，同時也是一種科學精神。

此外，在面對心靈成長的時候，也同樣需要有一種求知的態度，因為求知，才會帶來分析和思考，這樣我們才能夠自省，也才有可能透過自省而不斷地完善自己。

目錄

新同學

這天，陳老師領著一個個子相當瘦小的小男孩走進了四年一班。

陳老師讓小男孩站在講臺上，面對著全班同學。小男孩面容清秀，看起來落落大方，眉宇之間甚至還有些神氣的樣子。

「小朋友，讓我們一起來歡迎新同學！」陳老師熱情的說，一說完就帶頭先熱烈鼓掌。

大家也都非常合作的跟著鼓掌，同時都滿懷好奇的看著新同學。

新同學看起來老神在在，對於這樣的場面好像很習慣。

「新同學的名字叫做——」

陳老師轉身拿起粉筆在黑板上寫下「蕭丹禎」三個字。

李樂淘眼睛一亮，馬上跟同桌的李家富竊竊私語，李家富

看看黑板，大笑起來。

「怎麼啦？」陳老師一臉疑惑。

蕭丹禎呢，卻似乎見怪不怪，只是清秀的臉龐立刻出現了一絲不耐的神色。

李樂淘和李家富兩個人笑得樂不可支，

簡直是旁若無人，這可把同學們的好奇心統統都給勾起來了，大家都頻頻問道「怎麼了？什麼事這麼好笑？」，都想知道這兩個傢伙究竟在笑些什麼；儘管大家都意識到一定是跟新同學有關，但是沒人能夠猜到確切的答案。

等李家富笑夠了，一隻手指著黑板（精確的說應該是指著黑板上新同學的名字），一邊說：「哈哈！『真膽小』，『真膽小』！」

此話一出，全班同學看著新同學的名字，才終於會意過來。

是啊，如果把「蕭丹禎」倒過來念，可不就好像是「真膽小」了嗎？

這可不是李樂淘頭一回發現把同學的名字倒過來念很有意思，最早把「林齊續」倒過來念、讓人聯想到「冰淇淋」三個字的也是他。

眼看全班同學都大笑不止，陳老師生怕蕭丹禎會覺得很尷尬，急急忙忙的阻止道：「哎哎哎，別這樣！」

說著，陳老師也趕快跟蕭丹禎說：「大家只是好玩，沒有惡意，你會發現我們班的小朋友都很好玩的——」

而蕭丹禎呢，卻還是抬頭挺胸，一副無所謂的樣子。

看他這個樣子，陳老師就知道這一定不是蕭丹禎頭一回碰到有同學會把他的名字倒過來念；陳老師心想，也許「真膽小」這個外號根本就是一直跟著蕭丹禎吧。

陳老師猜得沒錯。雖然只是四年級，但是這已經是蕭丹禎第四次轉學了，平均起來自從上了小學以後剛好是一年轉一次。

前兩天，當蕭爸爸來替兒子報名的時候，四年級其他各班的班主任都不想接受。當然，這其實也不能怪老師們，畢竟老師們的工作量本來就已經是夠大的了，不過，年輕的陳老師想都沒想就表示非常歡迎蕭丹禎小朋友來到她的班上，成為四年一班的一份子。

森森的煩惱

放學後，繽繽才剛剛回到家，樓下的小芳鄰森森就愁眉苦臉的上來敲門。

「怎麼啦？」繽繽一直是把小森森當成是自家小弟弟一樣的愛護，看到森森不開心，自然很關心。

森森說：「怎麼辦？媽媽叫我以後要自己睡。」說著，居然像個小大人似的嘆了一小口氣。

森森有自己的房間，就在繽繽房間的正下方，但是打從他出生以來這個房間一直只是他的遊戲室，同住的外婆和媽媽都規定森森，只能待在他的房間玩玩具，不能把玩具帶到外面的客廳和餐廳，也就是說不能把外面的房間搞得亂七八糟。每天晚上到了要睡覺的時候，森森都是跑到媽媽的房間去跟媽媽一起睡。反正爸爸遠在外地做科學研究工作，幾乎是不在家。

但是，爸爸下個禮拜就要回來了，而且這一次要在家待上半個月，算是一次很長的休假，於是，媽媽叫森森從現在就要開始練習回到自己的房間去睡。

「我不喜歡一個人睡。」森森嘟著小嘴說。

繽繽替森森出主意，「那你可以去跟外婆睡呀。」

森森一聽，看起來好像更煩惱了，「有啊，我昨天晚上就是跟外婆一起睡的，可是——」

森森說，今天早上外婆抱怨他睡覺的時候一直動來動去，害她昨天晚上都沒有睡好，還說她年紀大了，如果晚上睡不好，第二天一整天的精神都會很差，所以外婆已經宣布不肯再讓森森去她房間睡，也要森森練習自己一個人睡。

「外婆把我的床單都洗好鋪起來了。」

對於外婆的勤快，森森顯然是相當的不滿。

繽繽知道森森為什麼不願意一個人睡，因為森森怕黑，還有——

「我總覺得在櫃子裡或是床底下會有怪物。」森森說得很認真。

「不會啦，怎麼可能會有什麼怪物。」

「沒有怪物，如果有鬼，那也很恐怖啊！」

「不會啦，哪裡會有鬼——」

不過，才剛這麼一說，繽繽馬上就想起其實自己在像森森這麼大的時候，也很容易胡思亂想，總是莫名其妙會害怕有什麼鬼怪。這樣一想，繽繽就不好意思再跟森森說教了。

森森忽然想到一個問題，「姊姊，你從什麼時候開始自己一個人睡的？」

「呃——」繽繽覺得有一點不好意思，但還是老實回答道：「是小二。」

「好好喔！」森森叫起來，「那我為什麼現在就要開始自己睡啊？」

森森現在還在念大班，連小學都還沒上啊。

這回繽繽也不知道該怎麼回答，只好說：「哎呀，差不多啦。」

森森還是很不高興，也很煩惱，「人家我就是膽小嘛——」

聽森森這樣一說，繽繽忽然異想天開，「咦，要是你參加過『膽子訓練營』就好了。」

「『膽子訓練營』？」

「是啊，這是我們班一個新同學說的，他說他以前辦過好幾個『膽子訓練營』……」

「為什麼是好幾個啊？是不是分成好幾個等級，從普通的一直訓練到超大膽？」

「不是啦，是因為他念過好幾個學校，在每一個學校他都辦過……」

隱形的朋友

來到四年一班的第一天，蕭丹禎似乎理所當然的成為班上同學矚目的焦點。除了因為他是新同學，還有其他的原因……

午休時間，好多同學（其中大部分是男生，也有幾個女生，譬如繽繽和巧慧），都圍著這位新同學，專注的聽新同學說故事，而且是說他自己的故事。

蕭丹禎說，從很小的時候開始，他就知道自己很特別，也知道周圍的大人都很怕他，怕到甚至都不大敢單獨跟自己在一起。

「為什麼啊？」李樂淘和李家富異口同聲的問道，語氣裡除了緊張的成分，更多的好像還是興奮。

蕭丹禎平靜的說：「因為我有一個隱形的朋友。」

隱形的朋友？

這是什麼意思啊？

「有一年清明節，我和爺爺奶奶一起上山去掃墓，碰到了他，然後他就跟我回家，一直到現在，都沒有再離開過。」

清明節？掃墓？哇，一聽到這兩個關鍵詞，儘管蕭丹禎並沒有明確的說什麼，但已經足以令同學們紛紛汗毛直豎。

李樂淘屏住呼吸，小心翼翼的問道：「你說的是不是——」

他停下來，似乎是故意不把句子說完，或者是故意不說那個敏感的字。

蕭丹禎心領神會，用神祕兮兮的語調回答道：「沒錯，就是。」

在場的同學們、特別是幾個女孩子包括續續一聽，都忍不住驚呼。

李家富疑惑的拉拉李樂淘，小聲的問道：「噯，你們是不是在說那個？」

「對啦，就是那個。」

「真的？真的是那個？」李家富還是不敢相信，忍不住再三求證，「真的是『鬼』？」

這個字一被說出來，現場的氣氛就更詭異了。

「騙人！」有幾個同學馬上就這麼說。

蕭丹禎說：「信不信由你。」

瞧他那副篤定的模樣，實在不像是在騙人。

這時，繽繽趕緊問道：「是不是不管你到哪裡，他都會跟著？」

「不是，我來學校的時候他就沒跟來。」

繽繽立刻鬆了一口氣，心想，大概是覺得學校不好玩吧，這可真是讓人放心不少！

巧慧則是問：「你這個朋友是什麼樣子？他有名字嗎？

他有多大？跟我們描述一下吧！」

蕭丹禎說：「是一個男生，叫做小威，跟我差不多大——」

「好可憐喔！」繽繽說：「才那麼小，就那個了。」

繽繽的心很軟，她不喜歡說那個字。

「等一下，」巧慧問道：「你剛才不是說你是在小時候遇到他的，那他現在還是那麼小的樣子嗎？」

「不——他也長大了，他現在就跟我們差不多大。」

巧慧看看繽繽，心想，這可真奇怪呀。

巧慧又問：「清明節那天，去山上的人一定很多，為什麼他就偏偏要跟你回家呢？」

蕭丹禎說：「這個我也不知道，小威只說一個人在山上很無聊，都沒人跟他玩，所以就跟我回家了。」

蕭丹禎還說，一開始他並不知道只有自己看得到這個隱形的朋友，是後來才慢慢知道自從那天小威跟著他回家以後，家人看不到他們倆玩得那麼高興，都只看到自己像一個神經病一樣的自言自語，還又笑又鬧，都很害怕，都以為他瘋了，而看到小威弄出來那麼多奇怪的事，更是害怕得不得了——

「哪些奇怪的事？」李樂淘好奇的打岔道。

「比方說當我們一起在吹泡泡的時候，他會吹很多形狀的泡泡，我們一般人是吹不出那些奇怪的形狀的——」

「奇怪的形狀？」巧慧打斷道：「這是不可能的，泡泡都是圓形的，怎麼可能還會有其他什麼奇奇怪怪的形狀。」

「怎麼不可能？」蕭丹禎一口咬定，「我就看過小威吹過方形的、菱形的、還有多邊形的泡泡，不過當時因為大人都看不到他，都以為是我吹出來的，所以都嚇了一大跳。」

大家想像著那樣的畫面，想像著大人看到一個小孩獨自在那兒吹著泡泡，吹出一大堆各個形狀的泡泡，都覺得這樣的畫面實在是太卡通了。

「不可能。」巧慧還是這麼說。

李樂淘看看巧慧，有些不滿，「拜託，班長，拜託你別吵好不好。」

然後，李樂淘又興致勃勃的問蕭丹禎，「趕快跟我們說，除了吹泡泡，你們還在一起玩些什麼？」

「我們合辦過好幾次『膽子訓練營』，幫一些膽小的同學把膽子練得大一點，所以——」

講到這裡，蕭丹禎看著李樂淘，一本正經的說：「我不是『真膽小』，應該叫我『蕭大膽』！」

看來，他對於李樂淘不久前當眾喊出自己「真膽小」這個外號，還真的是滿介意的。

coffee
古奇的鞋子

繽繽的經驗

「姊姊，你說的這些是真的假的啊？」森森問。

「不是我說的，」繽繽趕緊澄清，「是我們新同學說的。」

「那你們信不信啊？」

「有的信，有的不信。巧慧就不信。」

森森知道巧慧姊姊，知道她是班長。森森還見過巧慧好幾次，都是巧慧來繽繽家玩的時候見到的；反正森森只要沒事就喜歡賴在繽繽家，既然巧慧是繽繽的好朋友，森森當然有機會見到她。在森森的印象中，巧慧姊姊很聰明，每次玩七巧板，她都是一下子就拼出來了。

「巧慧姊姊有沒有說為什麼不信？」

繽繽想了一想，「主要還是那個吹泡泡的事吧，巧慧說泡泡都是圓形的，不可能會是方形或是其他的形狀。」

「為什麼啊？」

森森心想，他在卡通片裡看過有不同形狀的泡泡呀。

繽繽說：「我也不清楚，巧慧後來也沒說清楚，她就只是說不可能，說泡泡不可能會有別的形狀。」

「真奇怪。」森森想想，又問：「那，那個『膽子訓練營』呢？你們新同學有沒有說是怎麼訓練？」

「沒，還沒來得及講就要上課了。」

「那——有沒有說可以訓練不怕黑？或是訓練一個人睡？」

「沒，不過——我以前剛剛開始一個人睡的時候也很怕，這很正常啦……」

那是在前年繽繽剛剛升上小二的時候，爸爸說老是三個人一起睡，實在是太擠了，再說繽繽也大了，應該練習自己一個人睡了。一開始，繽繽就像森森現在這樣，非常抗拒，先是說「不擠不擠」，然後又說爸爸會嫌擠都是因為爸爸長胖了，只要爸爸趕快減肥就不擠了。

吵了半天，爸爸的態度還是非常堅定，要求繽繽以後都要回到自己的房間去睡。

於是，繽繽又開始想去黏奶奶，打算以後就退而求其次，改為去跟奶奶睡吧。（難怪她會建議森森不妨去跟外婆睡啊，原來是同樣的道理嘛。）

不過，森森還是跟外婆在一起睡了一個晚上以後才被外婆拒絕的，繽繽當時則是在一提出這個想法，說以後想去跟奶奶睡，馬上就被爸爸給否決了，繽繽還記得爸爸就是說奶奶年紀大了，老人家的睡眠本來就不大好，最好還是一個人睡，才不會受打擾。

沒辦法，繽繽只好很不情願的開始一個人睡。

她還記得在自己睡的第一天晚上，爸爸媽媽給她開了一個小夜燈，又跟她說了好多好話，最後再親親她，替她蓋好小被子，在她的房間裡陪她滿久以後才離開，可是，繽繽卻還是過了好久好久都睡不著，一直盯著衣櫃，不停的胡思亂想裡面會不會有什麼怪物？

過了一會兒，她憋不住了，忍不住爬起來，先把房間的大燈打開，再悄悄走到衣櫃面前，勇敢的把衣櫃打開，仔細檢查——

當然是沒有發現什麼異狀。

事實上，在把房間大燈打開的那一刻，繽繽就已經感覺到衣櫃裡不可能會有什麼怪東西的。

想到這裡，繽繽就好心建議森森，「一開始你就先把燈開亮一點，這樣就會好得多，不會那麼怕，要不然就是乾脆把衣櫃呀、床下呀多檢查幾次，弄清楚了就不怕，然後，慢慢就會習慣了。」

巧慧的成果

這天晚上，當巧慧寫完功課正在整理書包的時候，看到陳老師今天印給大家看的一篇美文——〈火燒雲〉。陳老師說，那是大作家蕭紅的傑作。

晚飯過後，火燒雲就上來了。照得小孩子的臉紅紅的。把大白狗變成紅色的狗了。紅公雞就變成金的了。黑母雞變成紫檀色的了。餵豬的老頭子往牆根上靠，他笑盈盈地看著他的兩頭小白豬變成了小金豬了，他剛想說：

「你們也變了……」

他的旁邊走來了個乘涼的人，那人說：

「你老人家必要高壽，你老是金鬍子了。」

天空的雲從西邊一直燒到東邊，紅堂堂的，好像是天空著了火。

這地方的火燒雲變化極多……

看到這篇文章，巧慧想起了一件事。

今天在學校裡，她問了老師一個問題：「老師，為什麼描寫日出和傍晚的文章這麼多？」

「大概是在一天之中，日出和傍晚都是比較美的吧。」陳老師說。

這時，李樂淘接著又問：「那為什麼日出和傍晚總是特

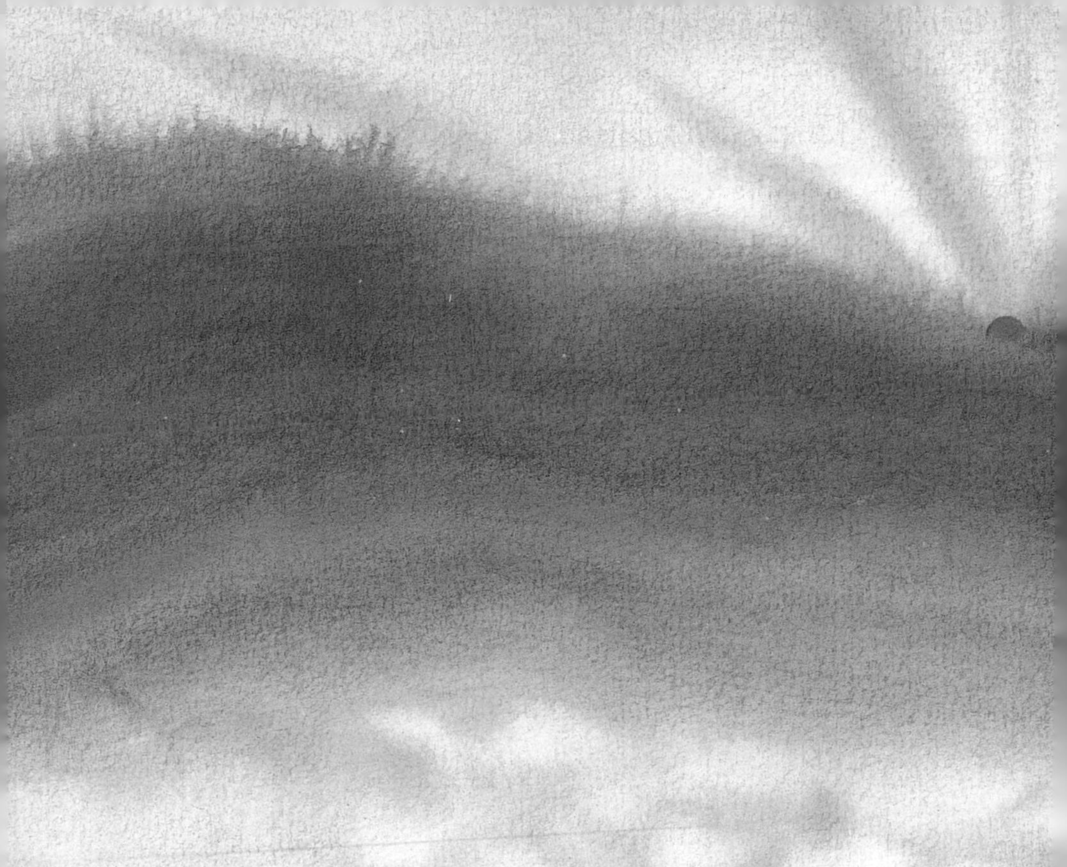

別漂亮？」

這個問題可把陳老師給問倒了。

不過，陳老師沒有惱羞成怒，只是說：「老實講，我還真不知道哪，這樣吧，我今天回去查一下，明天再告訴你們好不好？或者你們今天回家以後也可以查一下……」

來。

想到這裡，巧慧馬上站起來，打開百科全書就開始查起

不久，她就查到答案了。

書上是這麼解釋的：

我們的地球，像一個球體，周圍覆蓋了一層兩百哩厚的空氣，這就是「大氣層」。當太陽在我們的正上方時，陽光垂直於大氣層向下照射到地面，在路程上穿透可能最小厚度的大氣層。但是當太陽低懸在天空，譬如日出和日落

時，它的光線是斜的，而且是有一點水平的照到我們，因此必須穿過比較厚的大氣層然後抵達我們。在這個時候，許多向著我們散射的藍光又被散射到其他方向，所以直線抵達我們的光線是缺乏藍色的，而缺乏藍色的陽光看起來就是紅色、橙色或黃色的，這取決於空氣裡當時粒子的大小以及它們散射的是什麼顏色……

儘管這段文字有些拗口，不過，巧慧把這段文字反覆讀了兩遍，總算有概念了。

「原來這就是為什麼我們會覺得日出和日落的時候比較美——」巧慧心想。

緊接著，她又想到今天午休時和新同學蕭丹禎爭論的那個問題，那就是在吹泡泡的時候，泡泡除了是圓形，還有沒有可能會是別的形狀？

巧慧順手又查了起來。

很快的，巧慧就查到了答案。

吹泡泡的時候，泡泡之所以會是圓形——其實應該說是球形——是因為有一種叫做表面張力的吸引力，把水分子安排成最緊密的一種隊形，那就是球形……

只要不受干擾，水——譬如雨水、肥皂水——都總是會形成球形的水滴……

「啊，我就知道！泡泡是不可能變成其他形狀的。」巧慧很高興，馬上就把這段文字抄下來，打算第二天要帶給同學們看。

稍後，巧慧收拾好書包，躺在床上，就在快要進入夢鄉之際，還一直在想：「明天我要怎麼給他們看才比較好呢？」

畢竟，她並不想讓新同學難堪啊。

大消息

巧慧沒有想到，第二天，一到學校，當她還沒有想好到底該怎麼跟同學們說自己昨晚查資料的發現，就聽到一個大消息──

「『膽子訓練營』馬上就要開張嘍！就在這個禮拜天！」李樂淘興高采烈的嚷嚷著。

「我要參加！」李家富興致勃勃的第一個報名。

「很好，」李樂淘說：「我以這個訓練營助教的身分歡迎你！」

「等一下！」巧慧趕過來問道：「什麼『膽子訓練營』？」

「就是新同學辦的『膽子訓練營』呀！」李樂淘一邊回答，一邊神祕兮兮的對巧慧說：「新同學那個隱形的朋友也會來喔，很刺激吧！」

「隱形的朋友——」巧慧想起一些可疑的事，心想，現在如果說這些合不合適？

她張望一下，新同學蕭丹禎正好不在教室裡。

不管了，巧慧當下決定，說吧！

她把李樂淘拉到一邊，火速從書包裡掏出筆記本，翻到昨晚抄錄下來的資料，遞給李樂淘（簡直就是直接塞到李樂淘的鼻尖下）。

「你看一下。」巧慧說。

「這是什麼？」

「你看了就知道了。」

「好吧，」李樂淘本來還想忙著去招募「膽子訓練營」的成員，現在只好先停下來，慢慢念著：「吹泡泡的時候，泡泡之所以會是園形——咦，什麼叫做『園形』？」

巧慧趕緊湊過來，「不好意思，寫得太快寫錯了，是『圓形』，『圓圓的』的『圓』，不是『花園』的『園』。」

「喔，圓形，」李樂淘接著又往下念：「其實應該說是球形——是因為有一種叫做表面張力的吸引力，把水分子安排成最緊密的一種隊形，那就是球形……」

等到他終於念完了，巧慧問道：「怎麼樣？」

李樂淘張口第一句話竟然是：「好累喔！這些東西念起

來怎麼總是這麼吃力啊！」

巧慧急了，「難道你沒看懂嗎？」

「懂了啦！」

「那——你知道我的意思了吧？」

意思是，新同學蕭丹禎對於吹泡泡這個事撒了謊，至少是吹牛，所以，對於他所說的事包括到底有沒有那個「隱形的朋友」，巧慧覺得都應該要有所保留。

巧慧頗為期待的看著李樂淘，希望李樂淘被自己點醒以後，別再為新同學敲鑼打鼓。

可是，李樂淘卻只是笑笑，「知道了啦！不過，我說啊——管他的呢，我就想去會一會蕭丹禎那個隱形的朋友，也想去看看『膽子訓練營』，一定很好玩！」

說完，李樂淘把筆記本還給巧慧，又忙著去跟同學們嗆呼：「『膽子訓練營』馬上就要開張嘍！要參加的趕快來報名！」

巧慧愣在原地。

李樂淘的這個反應實在出乎她的意料啊！

660
819

挑戰

一天下來，「膽子訓練營」已經招募到很多的會員，絕大部分都是男生。

放學的時候，巧慧陪著繽繽去搭公車。其實巧慧的家就在學校附近，徒步十分鐘就到了，而繽繽每天都要坐四站才到家，每當兩人有什麼特別的話在學校裡沒說過癮或是來不及說清楚，在放學的時候巧慧就會陪著繽繽一起去等公車，爭取多說一點話的時間。公車站牌跟巧慧家可是兩個完全相反的方向。

這天巧慧要跟繽繽說的，自然是關於新同學以及「膽子訓練營」的事。

繽繽當然是相信巧慧了，對於李樂淘的冥頑不靈導致巧慧的焦慮和不滿也很理解，頻頻安慰巧慧道：「別理他們，男生都是笨蛋。」

「可是，怎麼能不理？我是班長啊。」

繽繽想想，也是，巧慧向來是很有責任感的。於是，繽繽又提了第二個建議，「要不然就去告訴老師？」

巧慧沉默著，不置可否。她不是沒想到要這麼做，可是至少有兩個原因讓她暫時還不想這麼做。

首先，她還是不想讓新同學成為老師眼中的特殊分子，新同學看起來並不像壞孩子啊。她也不想讓同學們認為自己是一個「告密者」。巧慧覺得，雖然陳老師人很好，對同學們也一直都很好，可是新同學才剛剛來到班上就搞什麼「膽子訓練營」，巧慧擔心如果是現在就去向老師報告，老師一定會追問，萬一老師不高興，對新同學有意見，然後同學們也因此對自己也有意見，那就不好了。

其次，巧慧總覺得自己擔任班長，一向還滿有一點威信，怎麼這次李樂淘那些傢伙會一點也聽不進自己的意見，巧慧的心裡實在是有點兒不大服氣，所以，她還是想自己再想想辦法，最起碼總要把事情先弄弄清楚再說，畢竟目前只聽說「膽子訓練營」在這個禮拜天有活動，至於到底是什麼樣的活動以及會不會真的如期舉行都還不知道啊。

這時，繽繽說：「不過說真的，我覺得新同學看起來人並不壞。」

795
251
5

「我也覺得。」巧慧表示認同。這確實也是她的真心話。

過了一會兒，續續上車了。巧慧開始往回走。走了沒幾步，意外看到新同學蕭丹禎迎面而來。

巧慧一下子感覺到很不自在。儘管她很快就告訴自己，早上她並不是在跟李樂淘說蕭丹禎的壞話，自己只不過是就事論事……

正這麼想著，蕭丹禎已經來到她的面前，微笑的跟她打招呼，「嗨，班長。」

「嗨。」巧慧也應了一聲。

原本巧慧是想就這麼擦肩而過算了，她現在還不想當面質疑蕭丹禎。

沒想到，蕭丹禎卻反而叫住她，並且主動說：「班長，聽說你查過泡泡的形狀？」

巧慧停下來，有些警惕的看著蕭丹禎，等著他繼續說下去。

蕭丹禎還是那麼笑咪咪的。

巧慧看他好像不帶什麼惡意，這才稍稍放下心來，只不過當然還是覺得有些尷尬。

「我是查百科全書的。」巧慧說。

「我知道，書上說的沒錯啦，不過，書上說的是一回事，我看到的又是一回事……」說到這裡，蕭丹禎的口氣開始不大一樣了，突然變得有點兒故做神祕，頓了一下以後，慢慢說：「班長，如果你不相信的話──乾脆──你也來參加我們的『膽子訓練營』好啦。」

巧慧的疑問

晚上，一家三口在吃晚餐的時候，巧慧一本正經的問爸爸，「爸爸，這個世界上到底有沒有鬼？」

「什麼？鬼？」媽媽搶著立刻反問：「你這話是什麼意思？」

「是啊，你怎麼啦？」爸爸也覺得很奇怪，「怎麼會突然問這個問題？還這麼嚴肅的樣子？」

「你就告訴我，你覺得這個世界上到底有沒有鬼嘛！」

「這個——我是相信科學的，科學要注重事實啊。」

爸爸盯著巧慧，又追問道：「怎麼了？是不是今天在學校裡發生了什麼事？」

「沒有——我就只是想問問，」巧慧說：「你小時候都沒碰過什麼奇怪的事嗎？」

爺爺奶奶的家在鄉下，在巧慧的想像中，爸爸小時候或許多多少少碰過或者聽過一些奇怪的事吧。

爸爸想了一想，「可能也有吧，但是我現在也記不大清楚了。」

其實，就算還記得清楚，爸爸也不想在女兒面前談這些怪力亂神的事。

媽媽幫忙補充道：「你爸爸向來是自命最有科學精神的，怎麼會相信這些。」

爸爸說：「是啊，很多奇奇怪怪的事其實都是人云亦云，或者是在傳播的過程裡每一個人都不斷加油添醋的結果。我覺得啊，就算在這個世界上確實是有些事情還不大好解釋，但至少現在的科學已經可以解釋很多很多的事了，沒必要動不動就往那些神祕詭異的方向去聯想，總之我對這一類的事是不容易相信的。」

「那——」巧慧又問：「你相不相信外星人呢？」

「外星人？」爸爸笑了，「你放心吧，就算真的有外星人，他們也不會來這裡，都會去美國的。」

媽媽一聽，也跟進說：「就是嘛，那些外星人都是講英文的。」

說著，爸爸媽媽都笑了起來。

巧慧說：「我是很認真的在問你們耶！」

媽媽卻還是說：「我看你是電影看得太多了啦。」

爸爸說：「我相信凡事有因必有果——」

「咦，爸爸，這好像是哪一部電影裡的臺詞？」

「也許吧。」爸爸也想起在電影《駭客任務》中確實是一再提起「有因必有果」這句話。

不過，現在這不是重點啦。爸爸繼續說：「我覺得因果關係就是一種科學，比方說，種瓜得瓜，種瓜就不可能得豆，如果有人告訴你，他明明種下的是瓜結果卻得了豆，你就要去想想為什麼會發生這樣的情況？有沒有可能發生這樣的情況？如果不可能，如果他是在騙人，他又為什麼要這麼說？他騙人的動機到底是什麼？」

巧慧沉默了。她在消化爸爸說的這些話。

媽媽仍然關心的問道：「你好端端的幹麼問這些啊？學校裡真的沒什麼事嗎？」

「沒有啦——那我再問你們最後一件事，有沒有可能有人會有一個『隱形的朋友』？」

「隱形的朋友？」爸爸說：「你是在說童話嗎？」

「當然不是——」不過，話一出口，巧慧就忽然想到了什麼，「爸爸，你是說——這是裝出來的？」

「有這個可能啊。」爸爸說。

媽媽也說：「我記得在書上好像看過，說有些孤單的小孩子都會想像出一個朋友來陪自己玩。」

孤單的小孩？巧慧默默的想著，真的會是這樣嗎？……

很多同學都知道，傳說在那個橋墩下發生過不好的事情，好像在幾年前有一個恐怖的通緝犯在那裡躲了很久，好不容易才被警察叔叔給逮住。從此以後，那個橋墩就顯得很不一樣，同學們就算是在白天經過也都是快速通過，不敢逗留，也不敢多看兩眼，而晚上七點可是已經天黑了呀，想像中入夜以後的感覺一定會更可怕吧，更何況蕭丹禎還說要帶他那個什麼「隱形的朋友」來……

李家富有點兒怯場，不大想參加了，但是又怕不去的話會被其他的同學笑自己是膽小鬼，畢竟自己第一個報名參加的啊！

總之，當巧慧知道這個事以後，她沒有考慮太久，馬上就做出一個決定——她也要去參加！同時，她要馬上向陳老師報告！

巧慧心想，就算同學們會怪她，她也管不了了，此刻她只知道一定要趕快告訴老師！否則，萬一真出了什麼事，那可怎麼辦！

橋墩下

周日傍晚，在光線昏暗的橋墩下，氣氛顯得頗為詭異。

原本報名要參加「膽子訓練營」的同學有好幾個，但是現在真正前來參加的還不到五個。都是男生。

助教李樂淘說：「哈哈，女生都是膽小鬼！——」

哪知道話音剛落，就有兩個女生匆匆趕到。是巧慧和繽繽。繽繽是硬著頭皮陪著巧慧來的。

李樂淘很意外，「班長，你怎麼會知道？」

不過，大家很快就弄清楚原來是李家富說的。

李樂淘有些哭笑不得，「李家富喔，叫你別說的事，你好像沒有一次能夠不說的！」

營長蕭丹禎到不以為意，「沒關係，班長來了也好，我本來就想請班長來。」

巧慧感覺光線太陰暗了，張大了眼睛努力想要看清楚大家。可能是因為大家此時的心情都有些緊張，因此竟然沒人追問巧慧有沒有告訴老師，這可真讓巧慧鬆了一口氣。

蕭丹禎很快就把注意力轉移到活動上，「好，都到齊了吧？——我宣布，現在在場的人都通過了第一關的考驗！」

李樂淘問道：「接下來呢？——」

這回，他的話都還沒來得及說完就被打斷了，是被蕭丹禎猛然一聲大叫給打斷的。

大家都吃了一驚，紛紛不由自主的叫了起來。繽繽還緊緊抓住了巧慧。

「幹麼要這麼大聲啊？」李樂淘問。

蕭丹禎問：「剛才誰沒叫？」

「我！」李樂淘說。

「還有我！」巧慧也跟進。

「不對吧？我好像聽到你剛才也叫了，這表示你也被嚇到了，」蕭丹禎說：「我宣布只有李樂淘通過第二關的考驗！」

「我沒叫，」巧慧還是堅持這麼說，並且伸出一根手指指著蕭丹禎旁邊，「他可以幫我作證！」

繽繽急著拉拉巧慧，小聲問道：「你在說什麼啊？」

現場開始有些騷動。

「班長，你別唬人了，」李樂淘說：「蕭丹禎旁邊哪有什麼人？」

「怎麼沒有？」巧慧說：「明明就有啊！難道你們都沒看見？」

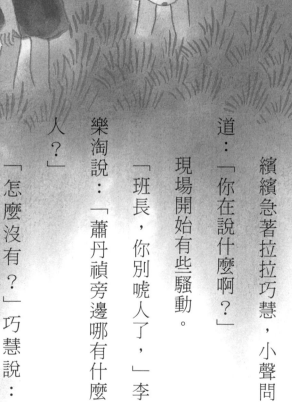

大家這才恍然大悟，原來巧慧指的是蕭丹禎那個「隱形的朋友」小威啊！

還沒等大家細想為什麼巧慧能看見小威，在場的同學們就已經都待不住了而紛紛的往外跑！

不過，繽繽沒跑，還是緊緊抓著巧慧，並且拚命睜大了眼睛看著巧慧所指的方向，就像小時候剛剛開始自己一個人睡的時候，她總是拉開衣櫥仔細的看，想要看看清楚。只要看清楚了就不怕了。

「我沒看到什麼啊？」繽繽說。

這時，蕭丹禎對巧慧說：「哼，你騙人，你怎麼可能會看得到——」

他好像想到了什麼，突然停下來，沒再說下去。

「我沒騙你，在你旁邊有一個小男生——咦，不對，」巧慧一字一句的說：「我看錯了，好像是一個小女生！」

這一說，蕭丹禎馬上也像屁股著火似的衝了回去。

最後，只剩下了李樂淘、巧慧和繽繽三個人。

李樂淘說：「所以，這麼說起來，我們是三個最大膽的了？」

EV

突如其來的電話

周日傍晚，陳老師早早就洗好了頭，也換好了衣服，好整以暇的在房間裡一邊聽音樂一邊看雜誌。

媽媽端著熱茶經過她的房間，隨口問道：「差不多該走了吧？」

媽媽知道今天晚上女兒有同學會，有好幾個老同學都會參加，對於今天的聚會，女兒是很期待的。

陳老師看看時鐘，「嗯，是差不多了——」

就在這時，手機響了，陳老師一看，是蕭丹禎的爸爸。

「蕭先生，您好！」

「陳老師，您好——」電話那頭傳來的聲音顯得有些疲憊。

果然，接下來蕭先生就說，他才剛剛從美國出差回來，現在還在機場。

陳老師想起來了，前幾天蕭先生領著蕭丹禎來報到的時候曾經說過馬上就要趕到機場去。

想想美國這麼遠，在短短幾天之內，蕭先生就這麼彈去又彈回，好辛苦。

「真是不好意思啊，」蕭先生說：「那天我匆匆忙忙就走了，都沒來得及和您多聊一下，不過當然陳老師您也很忙——」

「哪裡哪裡，再忙我也很樂意和家長多溝通的。」

陳老師看看時間，很想說，不過能不能改天再說啊，我現在差不多該出門了啊——不過，陳老師又想，也許再講五分鐘應該沒問題，既然家長打電話來，還是應該耐著性子聽聽看，看看有沒有什麼事，更何況蕭丹禎才剛剛轉學過來。

「蕭丹禎的表現還好吧？」蕭先生問。

「很好啊，我覺得這個孩子挺大方的，適應能力很強，也挺討人喜歡，才剛來沒幾天，好像就已經跟同學都混得滿熟的了，下課的時候我很少看到他是一個人，身邊都有同學，感覺我們班的小朋友都很喜歡他。」

「那就好——」電話那頭，蕭先生似乎遲疑了一下，才繼續問道：「他有沒有提起有一個『隱形的朋友』？」

「『隱形的朋友』？我沒聽說呀。」

「那麼，我覺得我還是應該先跟您說一下……」

蕭先生這一說，就說了十幾分鐘。陳老師看到媽媽出現在自己的房門口好幾次，大概是要提醒自己再不走就要遲到了吧，可是這會兒陳老師沒有工夫再去考慮別的，只是專注的聽著。

終於，蕭先生掛了電話。

媽媽又來提醒，「該走了吧？免得路上碰到塞車。」

「好的，我馬上走——」

話還沒說完，電話又響了。陳老師還以為是蕭先生想要補充什麼，結果接起來才知道是巧慧打來的。

巧慧的口氣很急。而等到把巧慧所說的事聽清楚了，陳老師也感到有一點急。

她趕緊先撥一通電話給好朋友美麗，告訴她自己可能會晚到，搞不好臨時來不了也不一定，待會兒再聯繫，反正要大家都到齊了以後就先開始，別等她了。

聽到女兒打電話給美麗，又看到女兒匆匆忙忙的準備出門，媽媽關心的問道：「怎麼了？發生了什麼事？」

陳老師盡量讓心情平靜下來，她在心裡告訴自己：「鎮定，我要鎮定！」

她很清楚這件事急躁沒有好處，只會壞事，同時，她也不想讓媽媽擔心。

所以，她只是輕描淡寫的說：「學生有一點事，我先去處理一下，不過，別擔心，沒什麼事啦。」

說完，陳老師就走了。

陳老師的故事

當陳老師趕到那座橋墩的時候，其實七點才剛過十分鐘，但是從還在大老遠她就已經聽到小朋友的尖叫，很快的就看到幾個孩子從橋墩下跑了出來。那副情景，完全可以用「落荒而逃」來形容。

其中一個邊跑邊叫，看起來最激動的孩子，陳老師一眼就認了出來，是李家富。

緊接著，陳老師又看到幾個熟悉的小身影，跑在李家富的後面，那是王修身、張子陽……

過了一會兒，蕭丹禎也跑了出來！

幾個小朋友一看到陳老師，都愣了一下，隨即更是加快速度拔腿就跑！

陳老師只追一個小朋友，那就是蕭丹禎。

陳老師很快就追上了。此刻，蕭丹禎臉上的表情有些複雜，主要是意外（顯然是沒想到陳老師怎麼會突然從天而降），也有不安（因為還不知道陳老師的來意）。

陳老師又在心裡跟自己說了一次「我要鎮定」，然後就努力做出若無其事的樣子。

蕭丹禎看著陳老師，十分困惑，「老師，你怎麼會知道我們在這裡？」

陳老師輕鬆的說：「因為我也有一個『隱形的朋友』啊，是她告訴我的。」

「真的？」

「當然是真的。」

「我還以為——」

「還以為只有你會有『隱形的朋友』啊，」陳老師和善的說：「你怎麼還在這裡？你爸爸馬上就要到家啦，他現在已經在回家的路上了，趕快回家吧。」

蕭丹禎應了一聲，還是頗為狐疑的看看陳老師，然後轉身就要走。

陳老師趕緊叫住他，「哎，我陪你走一走好不好？這個禮拜老師特別忙，都還沒機會跟你好好聊聊呢。」

說著，陳老師匆匆回頭看了一眼，正巧看到巧慧他們三個從橋墩下走了出來。

陳老師跟巧慧搖搖手，巧慧知道這是叫他們趕快回家的意思。

他們一邊走，一邊還在討論。

李樂淘問：「班長，你剛才怎麼知道蕭丹禎是裝的啊？」

「我不知道，一開始我只是猜的啊，」巧慧說：「爸爸告訴過我，不管想要知道什麼，都要先大膽的假設，然後再小心的求證……」

巧慧說，她先推斷根本就沒有小威，然後呢只要自己堅持說看到小威，再觀察蕭丹禎的反應，就可以判斷事情的真相了。

另一方面，陳老師正在陪蕭丹禎慢慢的走回家。陳老師把握這個機會，和蕭丹禎談了很多。

蕭丹禎對於陳老師那個「隱形的朋友」非常好奇。陳老師告訴蕭丹禎，在她小的時候，那個「隱形的朋友」頭一回出現是爸爸媽媽正在鬧離婚的時候，當時小小年紀的她又害怕又孤單，就開始像玩扮家家似的，想像了一個朋友出來，可以隨時隨地陪自己玩、陪自己聊天談心。

這些都是真的，陳老師從來沒有告訴過別人。現在，

她告訴了蕭丹禎，並且說，大人有大人的苦衷，我們做小孩子的還是盡量多包容一點吧，尤其是在當大人已經有心改善的時候，譬如，她知道蕭爸爸因為感覺到之前一直換工作、經常出差，對蕭丹禎

的成長很不利（這也是蕭丹禎過去為什麼會經常轉學的原因），所以打算最近要大幅度的把生活做一點調整。

「你就給爸爸一點時間吧，爸爸也需要你的支持啊。」陳老師說。

陳老師還問蕭丹禎，為什麼他那麼喜歡辦「膽子訓練營」？蕭丹禎支支吾吾的說不出個所以然。

畢竟他只是一個小學四年級的孩子，即使是面對一個可信賴的大人，對於自己內心的想法不是不願意說，而是確實還說不大清楚。

陳老師呢，也沒再過多的追問。

陳老師猜想，蕭丹禎或許只是因為剛剛到一個新環境，很想趕快融入，而這很可能就是他儘早跟大家打成一片並且想要擺脫「真膽小」這個外號的方式，似乎不必再去過多的苛責了。

總之，盡可能給孩子更多的寬容，孩子就更有機會身心健康的長大，這一直是陳老師的信念。

國家圖書館出版品預行編目資料

膽子訓練營／管家琪文．陳維霖圖.--初版．--
臺北市：幼獅，2016.04
面；公分. --（故事館；41）
ISBN 978-986-449-039-4（平裝）

859.6　　105001872

・故事館041・

膽子訓練營

作　　者＝管家琪
繪　　者＝陳維霖
出 版 者＝幼獅文化事業股份有限公司
發 行 人＝李鍾桂
總 經 理＝王華金
總 編 輯＝劉淑華
副總編輯＝林碧琪
主　　編＝林泊瑜
編　　輯＝周雅娣
美術編輯＝李祥銘
總 公 司＝10045臺北市重慶南路1段66-1號3樓
電　　話＝(02)2311-2832
傳　　真＝(02)2311-5368
郵政劃撥＝00033368

門市
・松江展示中心：10422臺北市松江路219號
電話：(02)2502-5858轉734　傳真：(02)2503-6601

印　　刷＝祥新印刷股份有限公司
定　　價＝260元
港　　幣＝87元
初　　版＝2016.04
書　　號＝AB00040

幼獅樂讀網
http://www.youth.com.tw
e-mail:customer@youth.com.tw
幼獅購物網
http://shopping.youth.com.tw

行政院新聞局核准登記證局版臺業字第0143號